Colección libros para soñar

© del texto y de las ilustraciones: Fernando Krahn, 2006
© de esta edición: Kalandraka Ediciones Andalucía, 2006
C/ Avión cuatro vientos, 7 - 41013 Sevilla
Telefax: 954 095 558
andalucia@kalandraka.com
www.kalandraka.com

Impreso en C/A Gráfica
Primera edición: diciembre, 2006
DL: SE-5800-06
ISBN: 978-84-96388-54-3

HUELLAS
GIGANTES

Fernando Krahn

kalandraka

Una fría mañana de domingo...

mamá Úrsula había puesto al horno un pan de cereales

cuyo delicioso olor levantó con entusiasmo al resto de la familia.

El apacible desayuno

fue interrumpido por un extraño crujido en la nieve.

Perplejos, descubrieron unas huellas gigantes

que bajaban del bosque.

Frente a un posible peligro, había que protegerse

y la reacción de papá Aurelio fue instantánea.

Pedro y Silvia no tenían armas para protegerse,

pero sí una gran curiosidad.

Sabían que las huellas gigantes

les llevarían a descubrir algo nunca visto.

Su madre los llamó, angustiada,

pero sus gritos no sirvieron de nada.

Por eso, los padres se vieron obligados a ir tras ellos.

Al parecer, sus vecinos no se habían dado cuenta

de las fuertes pisadas en el techo.

Aurelio alertó a todos los vecinos que, incrédulos,

comprobaron el extraño fenómeno.

Llamaron a Max, el leñador.

Le explicaron lo de las huellas y la urgencia de rescatar a los niños.

Las huellas desaparecieron en el lago helado, desconcertando a sus seguidores.

«Debe de ser por aquí», dijo uno. «No, por allá», dijo el otro.

En el centro del lago había señales de un horrible accidente

que paralizaron de terror a todo el grupo.

«¡Si buscais huellas, están aquí!»,

les gritó un labrador haciendo señas.

Con dificultad, pero aliviados

porque aún no hubiera ocurrido lo peor, llegaron hasta la otra orilla.

Vieron pisadas grandes, una a cada lado de la capilla de San Bernardo.

«El monstruo debe de medir más de seis metros», dijo la experta voz del leñador.

Pronto la noticia corrió por el pueblo

y sus habitantes, con palos y escopetas, se unieron a la caravana del rescate.

Así, tras las huellas,

comenzó el largo ascenso al monte.

Las señales de peligro se hacían más y más evidentes

y todos temían lo peor.

Con esfuerzo, ascendieron a la cumbre de la montaña,

hasta lo que pensaron podía ser el final de trayecto. ¡Una cueva!

«Os haré señas si necesito ayuda», dijo Aurelio a sus acompañantes,

y se adentró con su mujer en la inquietante oscuridad de la caverna.

Un sonido de risas les alteró.

Eran sus hijos, sanos y salvos, que estaban allí con sus nuevos amigos.

El descenso, entre caídas, risas y sofocos,

fue rápido y vertiginoso.

Algunos vecinos les acompañaron hasta el final

y les despidieron con gritos y cantos, que resonaron por el valle

en un largo y prolongado eco.

ARTHUR MILLER

June 9/77

Dear Fernando Krahn;

We have all read your "Giant Footsteps" and think it superb. I am afraid it will come back and haunt me at times when I am meaning the world to be reasonable. It is really beautiful.

Inge sends her best. We really ought to meet again one day

Sincerely yours,
Arthur Miller

---

9 de Junio de 1977

Querido Fernando Krahn;

Todos hemos leído tu "Huellas Gigantes" y pensamos que es estupendo. Pienso que volverá y me buscará en estos tiempos en que deseo que el mundo sea razonable. Es realmente hermoso.

Inge manda sus mejores recuerdos. Deberíamos volvernos a encontrar algún día.

Afectuosamente,
Arthur Miller